AF401130

FRANÇON

Treizième série. — Format in-32.

POITIERS. — IMPRIMERIE OUDIN ET Cie.

Françon.

FRANÇON

PARIS

LECÈNE, OUDIN ET C⁰, ÉDITEURS

15, RUE DE CLUNY, 15

—

1894

FRANÇON

I

Ah ! c'est une triste chose que la misère, mes petites amies, et c'est une chose affreuse d'être pauvre lorsqu'on n'est qu'une enfant ! Vous qui parfois jetez les hauts cris à la plus insignifiante contrariété, avez-vous jamais pensé à ces petits êtres qui ont faim et froid dès le berceau et pour qui existent les angoisses que crée l'incertitude du lendemain, lorsqu'ils commencent à peine à balbutier ? Ne pouvoir s'égayer d'aucun de ces rayons de soleil doux et bons qui pourtant d'autres éclairent et réchauffent l'entrée de la vie, et y laissent cette traînée de lumière que l'on retrouve encore plus tard dans l'extrême vieillesse, comme l'éclat lointain d'une aurore dont la beauté reste ineffaçable dans le souvenir ; n'avoir aucune de ces joies, aucune de ces espérances, aucune de ces visions sereines d'avenir, et toujours, toujours souffrir ! Ah ! c'est un sort navrant que celui-là, surtout lorsqu'on n'a que sept ans !

C'était l'hiver. L'air était glacé. La neige s'entassait dans les rues de la ville. Le vent hurlait dans les cheminées.

Une petite fille pâle était assise sur un banc de pierre devant une maison. Elle était couverte de frimas et ses bras, ses pieds nus tressaillaient sous les morsures de la bise.

L'atelier où l'enfant travaillait chômait

en ce moment. Il était midi, les ouvriers déjeunaient. C'est pour cela qu'elle était pelotonnée sur ce banc, les jambes serrées, les mains jointes sur ses genoux, le regard cloué sur la porte de la maison. Regard angoissé et impatient où se lisaient les plus poignantes réflexions.

Si quelqu'un avait interrogé le cœur naïf et incapable de mensonge qui battait sous ces guenilles, s'il avait demandé la cause de cette pâleur, de cette maigreur, de cet abattement, de cet effroi, de ces frissonnements, savez-vous ce qu'il aurait entendu :

— Quel mal ai-je donc fait, moi qui n'ai pas sept ans, pour avoir faim et froid? Ce matin, longtemps avant le jour, je me suis levée, et je suis partie pour aller travailler au bout de la ville, et j'ai marché deux heures pour arriver à l'atelier. Ceux qui me donnent asile et que l'on appelle mes parents adoptifs, dormaient dans un lit chaud. Je ne les ai pas éveillés pour leur demander un peu de pain. Je n'ai pas osé. Comment ferai-je pour attendre jusqu'au soir ?

La brave femme, qui venait d'ouvrir la porte de la maison, semblait avoir compris cette souffrance et cette anxiété, car elle fit signe à l'enfant. Celle-ci s'approcha, timide, pas à pas, baissant la tête, et de ses deux petites mains prit l'écuelle qu'on lui tendait. Elle resta debout sur le seuil de marbre et, sans prononcer une parole, n'exprimant sa reconnaissance que par un regard rayonnant d'une éloquence suprême, elle puisa à cuillerées rapides le potage qu'elle avala tout bouillant, sentant à chaque gorgée de nouvelles forces, une nouvelle vie couler dans ses veines.

La maison était silencieuse, mais ses fenêtres étaient illuminées de clartés rutilantes :

— Qu'il doit faire chaud là-dedans ! pensa la petite fille.

Et la vue seule des réverbérations de la flamme du foyer lui fit oublier qu'elle grelottait, pendant qu'elle cherchait dans l'écuelle les dernières miettes de pain trempé.

— Eh bien ! va-t'en donc ! dit la femme d'un ton rude qui contrastait avec son action charitable. Ces gens sont d'une audace incroyable, bougonna-t-elle, ils n'en ont jamais assez ; pour peu qu'on leur donne, ils restent plantés là, sans doute pour voir s'il n'y a pas quelque chose à voler !

Pour beaucoup de personnes, en effet, on ne peut être pauvre sans être vicieux et criminel. Comme s'il ne leur suffisait pas, aux misérables, d'aller par les rues, sous la bise, le ventre creux, les membres gelés, sans abri, il faut encore que la défiance pèse sur eux comme une malédiction pire que la faim et le froid.

Françon allait bientôt en faire la dure expérience.

On l'appelait Françon-les-Pieds-nus, parce qu'elle n'avait jamais eu de chaussures. De l'automne au printemps, sous le vent et la pluie, sous le givre et la neige, chaque matin elle suivait la grand'-route qui menait du faubourg de Mulhouse à l'autre bout de la ville, où était son atelier. Le soir, à la nuit noire, elle reprenait ce chemin, en passant par un petit bois, déchirant ses pieds nus aux pavés, aux pierres, aux ronces.

D'abord on avait eu pitié d'elle, de sa pauvreté, de ses haillons, de ses sept ans, de la longue route qu'elle avait à faire à l'aller et au retour, et qui aurait lassé l'homme le plus fort et le plus solide. Puis on s'y était accoutumé, comme on s'accoutume à tout ce que l'on voit se reproduire chaque jour, et on avait laissé Françon affronter les orages, les ténèbres, comme si c'eût été une chose toute naturelle à son âge. D'ailleurs, elle ne se plaignait pas. Elle ne mendiait point, mais sa petite figure blême trahissait bien son besoin. Seulement, lorsqu'elle rencontrait quelqu'un qu'elle connaissait, elle disait poliment bonjour avec un sourire et passait son chemin.

Françon parlait quelquefois de sa maison, de ses parents; mais, en réalité, elle n'avait ni foyer ni famille. Jamais elle n'avait vu son père, et sa mère était morte depuis longtemps. Tout ce que Françon savait d'elle, c'est que des hommes noirs l'avaient emportée et qu'elle n'était pas revenue. La pauvre enfant était, au vrai, seule au monde. Ceux qui l'avaient recueillie ne la gardaient ni par commisération, ni par humanité, mais par un calcul odieux. L'assistance publique, forcée de prendre l'enfant orpheline à sa charge, payait pour elle une pension mensuelle à son nourricier; mais ce dernier ne s'acquittait de ses obligations qu'en apparence. Sous prétexte d'apprendre à Françon de bonne heure à gagner sa vie, il l'envoyait, l'été, de la pointe du jour à la tombée de la nuit, ramasser du bois dans des champs, sur les routes, sur les lisières ; et l'hiver, lorsque tout est désert à la campagne, il l'obligeait à aller à l'usine d'où elle rapportait chaque semaine deux francs.

Quelque rude que fût pour elle cette seconde période de son année d'incessant travail, Françon préférait néanmoins l'hiver à l'été. Dans les champs, à la glane du bois, fréquemment, on l'accablait d'invectives, et souvent de coups, tandis qu'à l'atelier elle était sûre d'échapper aux mauvais traitements, pourvu qu'elle s'appliquât avec zèle et conscience à sa besogne. Toujours silencieuse, ne prêtant point l'oreille aux discours des ouvriers, elle était ponctuelle, assidue, sans cesse à sa place désignée dans la salle des tisseuses, dont elle rattachait les fils, et agile comme la navette de l'ouvrière à qui elle servait d'aide. A midi, elle se

Elle allait, à la tombée de le nuit, dans
les champs ramasser du bois.

cherchait au dehors, à proximité de l'usine, sur son banc de pierre, une petite place sèche, et là elle dévorait le morceau de pain dur qu'elle apportait de la maison. Quelquefois une larme roulait sur ses joues creuses et pâles, lorsqu'elle voyait passer des enfants souriantes, joyeuses, revenant de l'école ou accompagnées de leurs parents. Quelquefois aussi, mais plus rarement, elle rencontrait une personne charitable, qui la consolait de son abandon, et alors Françon était au comble du bonheur. Mais ce qui la rasséranait ainsi, c'était moins le gâteau ou le petit sou qu'on lui donnait, que la bienveillance, si extraordinaire pour elle, dont elle était l'objet.

Elle était surtout sensible aux bontés de Madame Risler, la femme du directeur de l'usine, qui la laissait de temps à autre entrer dans la cuisine où il y avait un grand feu, et Françon se croyait dans ces moments en possession de la plus grande

2

félicité. Monsieur Risler était un homme sévère, peu communicatif, que les ouvriers craignaient et qui ne pardonnait ni une faute ni un oubli à personne. Cependant il paraissait montrer quelque sympathie pour l'enfant dont il appréciait le silence, la régularité et le travail. Il l'appelait parfois à midi, au sortir de l'ouvrage, et la chargeait de porter une lettre à la poste voisine, et la commission toujours promptement et fidèlement exécutée était récompensée par une pièce de dix sous.

Quel trésor que cette petite pièce blanche pour Françon ! Elle courait, aussitôt libre, se réfugier sur son banc, et entre ses doigts fermés, tenant la pièce bien serrée pour ne pas la laisser tomber, elle la considérait avec des yeux ravis. Mais cette joie était de courte durée, car Françon savait que les dix sous passeraient le soir même dans la poche de son nourricier.

— Ah ! disait une voix au fond du

cœur de l'orpheline ; ah ! si j'avais une mère à qui porter cette jolie pièce qui vaut pour moi tant d'argent, comme elle serait contente, comme elle m'aimerait bien ! Tandis que maintenant on ne me dira pas même merci. Pourquoi n'ai-je plus de mère ?

Françon nouait la pièce blanche dans un coin de son mouchoir, essuyait avec l'autre coin les larmes qui ruisselaient de ses yeux et rentrait pensive à l'atelier.

Il y avait de longues années que la vie de l'orpheline s'écoulait ainsi dans le délaissement et le dénuement. Elle avait déjà quinze ans qu'on ne lui en eût donné que douze. Sa physionomie avait pris une expression pleine de finesse et de grâce, à laquelle ajoutait le reflet de ses grands yeux bleus, mais elle était restée chétive, petite, maigrette. La mauvaise nourriture, les jeûnes avaient empêché le corps de s'élancer, de se développer ; mais ce qui en elle ne dépendait pas de l'alimentation physique était vigoureux et grand. Quoiqu'elle ne sût ni lire, ni écrire, son intelligence était ouverte et vive, sa raison solide, son âme noble, élevée, capable de desseins généreux, de dévouement et de sacrifice.

Toutes choses qui valent mieux chez une petite fille que les nœuds de velours, les rubans de soie ou les petits bracelets d'argent auxquels on a donné, personne ne peut dire pourquoi, le nom de *porte-bonheur*. Il n'y a qu'une seule chose au monde qui porte bonheur, mes petites amies, c'est la loyauté dans la conduite de la vie.

On était aux premiers jours d'octobre ; Françon venait, pour son début d'hiver, de rentrer à l'atelier.

Il était midi et demi. Elle était assise comme d'habitude sur son banc de pierre, à peu de distance de l'usine, et elle songeait à tout ce qu'elle avait souffert pendant cet été si pénible ; et elle se disait, comme de coutume, que l'hiver serait bien plus doux pour elle et que les journées d'atelier, en dépit du froid, et parfois de la faim, allaient être plus heureuses.

Tout à coup, elle fut arrachée à ses réflexions par une voix qui lui cria :

— Françon !

C'était la voix de M. Charles Risler, le directeur de l'usine. Il tenait à la main une lettre fermée.

En un clin d'œil la petite fille fut auprès de lui. Bientôt après, elle retourna à son banc avec sa récompense toute brillante.

Alors il lui vint une idée.

— Pourquoi ne demanderais-je pas à monsieur Risler, se dit-elle, de garder pour moi cet argent et celui qu'il me donnera encore ? Il y en aurait à la fin assez pour m'acheter une paire de souliers, car j'ai quinze ans ; l'hiver sera dur cette année, et je ne puis pas toujours aller pieds nus.

Sans hésiter, elle retourna précipitamment à l'usine, et monta les marches du petit escalier de bois qui conduisait au bureau du directeur.

La porte était entr'ouverte. Elle la poussa doucement et entra. Personne n'était là.

— M. Risler sera allé déjeuner, pensat-elle.

Elle sortit, referma la porte derrière elle, et redescendit l'escalier, ajournant sa demande à une occasion plus favorable.

Plus contente que jamais, Françon reprit, ce soir-là, le chemin de son logis, le cœur plein de joie. Elle faisait des rêves dorés, et elle ne s'apercevait pas que la pluie fine perçait ses vêtements légers.

Le lendemain matin, elle venait à peine de s'asseoir à sa place dans l'atelier, lorsque le contremaître l'appela et lui dit que le directeur la demandait dans son bureau.

Elle eut un sourire.

— Voilà qui arrive à propos, pensat-elle : c'est comme si M. Risler avait deviné mon projet.

Mais à peine eut-elle franchi la porte du bureau qu'elle s'arrêta interdite.

Le directeur était debout devant son pupitre, feuilletant tous ses papiers avec un geste de colère, l'air impatient, le regard sombre.

— Approche ! dit-il d'un ton sévère.

Françon sentit ses genoux se dérober. Elle eut à peine la force de faire un pas en avant. Elle n'était pas accoutumée, de la part de M. Risler, à cette apostrophe courroucée. Un pressentiment lui serrait le cœur. On eût dit que tout son corps était paralysé.

Le directeur laissa peser sur elle un regard interrogateur, perçant et froid ; puis il reprit rudement :

— Qu'as-tu fait de ton argent d'hier ?

Evidemment, il réclamait la pièce de

dix sous qu'il lui avait donnée. Adieu donc tous ses rêves, adieu ses souliers ! Comme il était cruel de voir d'un seul coup s'évanouir cette illusion, la seule qu'elle eût jamais eue !

Des larmes montèrent subitement aux paupières de la pauvre enfant et en sanglotant :

— Ah ! Monsieur, supplia-t-elle, ne vous fâchez pas, je vais vous le rendre tout de suite ; je l'ai cachée aussitôt après l'avoir eu.

— Est-ce bien vrai ce que tu dis là ? fit-il avec le même accent de reproche.

— Oui, Monsieur.

— C'est bien, va chercher cet argent.

Françon, rassurée, vola plus qu'elle ne courut, dégringolant l'escalier. Une minute après, elle était à genoux près du banc de pierre, et de ses deux petites mains elle grattait et creusait la neige et la terre au pied du pilier. La pièce de dix sous était là où elle l'avait enfouie la veille pour ne pas la laisser prendre par son nourricier.

— Je n'ai fait aucun mal, se dit-elle ; j'ai voulu m'acheter des souliers ; M. Risler ne se fâchera plus quand je le lui dirai.

Lorsque Françon eut remis la petite pièce au directeur, celui-ci l'examina lon- guement, puis il la lui rendit, et clouant ses prunelles sur celles de l'enfant, bru- talement :

— Qu'as-tu fait du reste ? dit-il.

Françon eut une commotion violente, la rougeur lui monta au front. Elle com- prit qu'on la soupçonnait, qu'on l'accu- sait.

En vain elle protesta, en vain elle vou- lut expliquer pourquoi elle avait retenu la petite pièce de dix sous. M. Risler la saisit violemment par le bras, et avec un éclat de voix :

— Misérable créature, s'écria-t-il, tu ajoutes le mensonge au vol. Hier tu es veque ici, pendant mon absence ; tu t'es glissée dans ce bureau où tu sais que personne ne reste à cette heure ; il n'y a que toi qui aies pu voler l'argent que j'avais laissé sur ce pupitre. Sors d'ici à l'instant ; tu ne mettras plus les pieds à l'usine, et sois heureuse de ne pas avoir affaire à la police.

Il mit Françon à la porte qu'il referma.

Immobile, la pauvre enfant demeura debout, pétrifiée, incapable de quitter la première marche de l'escalier. Elle était, comme par un coup de foudre, privée du seul appui qu'elle eût au monde, du seul gagne-pain qu'elle eût trouvé depuis tant d'années, déçue dans le seul espoir qui eût un moment, un seul et court moment, éclairé sa sombre existence.

Qu'allait-elle faire maintenant ? Les larmes s'arrêtaient dans ses yeux ; un hoquet nerveux secouait sa poitrine.

Puis, saisie de terreur, elle s'enfuit,

Il lui semblait que les arbres se tordaient sur
son passage.

marchant sous le vent qui lui cinglait le visage, dans la neige qui lui brûlait les pieds, ne faisant pas attention à ceux qui la suivaient du regard, affolée, éperdue.

Dans sa course à travers le petit bois, elle déchira au buisson sa robe déjà en lambeaux, et elle resta presque nue. Il lui semblait que les arbres se tordaient sur son passage pour se baisser vers elle et la considérer avec une colère encore plus grande que celle de M. Risler. Un oiseau s'envola au bruit qu'elle fit, il poussa un cri, et dans ce cri elle crut entendre le mot du directeur :

— Voleuse !

Alors, épuisée, perdant connaissance, elle s'affaissa.

Une mendiante trouva Françon sur la lisière du bois, la reconnut et la porta chez son nourricier.

Quand l'homme qui lui donnait asile apprit d'elle-même ce qui s'était passé, il donna un grand coup de poing sur la table et jura qu'il ne garderait pas une heure de plus chez lui « cette affreuse vaurienne, qui répondait de la sorte à ses bienfaits ».

Ce qui l'irritait le plus, c'est que le salaire de l'enfant lui échappait. Sans vouloir l'écouter davantage, il la roua de coups et la jeta à la porte.

Il faisait nuit. La neige tombait à gros flocons. Le vent se déchaînait avec furie.

A quelque distance de la maison, à l'entrée du bois, il y avait une vieille grange délabrée. Françon s'y était arrêtée quelquefois. Elle se traîna jusque-là et s'étendit, les membres brisés, meurtris, sur la paille humide dans ce réduit sinistre.

Bientôt la fatigue eut le dessus. Le sommeil ferma ses paupières brûlées par les larmes.

Lorsqu'elle se réveilla, elle se trouva

dans une complète obscurité. Le vent entrait de tous côtés dans la grange dont il secouait violemment les planches mal jointes et faisait craquer le toit dégarni partout de ses tuiles et de ses bardeaux. Effrayée, Françon se cacha sous la paille, la main sur le cœur, se demandant s'il n'allait pas éclater dans sa poitrine.

Enfin, le jour succéda lentement à la longue et terrible nuit. Alors la faim déchira les entrailles de la malheureuse enfant qui n'avait mangé qu'un morceau de pain la veille à midi.

Elle réfléchit longtemps, puis, rassemblant son courage et ses forces, elle se dirigea vers la maison de son nourricier. C'était son unique refuge au monde : un refuge d'où on l'avait chassée !

L'homme n'était pas là et la femme lui barra le passage; mais, émue d'un dernier reste de pitié :

— Il n'y a plus de place ici pour toi,

dit-elle. Mon mari te tuerait s'il t'y retrouvait et me maltraiterait s'il savait que je t'y ai reçue. Puisque tu as couché dans la grange, tu y coucheras désormais. Le jour, tu iras chercher du bois comme en été. Quand tu en rapporteras, tu auras du pain. Sinon rien.

Et comme Françon restait là, muette, atterrée :

— As-tu mangé ? dit la femme, ne se rappelant plus que la veille au soir on ne lui avait donné que des coups.

Françon fit craintivement un signe de tête négatif.

La femme hésita une minute ; puis, la voyant si pâle, si misérable, presque mourante, elle lui donna un croûton de pain dur et une tasse de lait.

— Va, maintenant, ajouta-t-elle en la repoussant.

La porte se ferma ; et l'enfant retourna dans la neige et le froid.

Ce fut pour Françon le plus cruel, le plus terrible et le plus lugubre hiver qu'elle eût connu. Des premières lueurs du matin à la nuit, elle allait, sous la tempête, son petit corps grêle ployé en deux, se traînant presque à terre, fouillant des yeux et des mains ce sol neigeux et glacé pour découvrir du bois, et lorsque, après bien des heures de marche et de peine, elle avait rassemblé un fagot, elle s'estimait heureuse de le porter chez le nourricier et d'obtenir en échange, avec des rudoiements, en cachette, par la fenêtre, un petit morceau de pain, une pomme de terre, un peu de lait qu'elle emportait dans la grange abandonnée, où elle arrosait son unique repas de ses larmes.

Elle subissait son sort sans murmure. Endurcie aux souffrances physiques, elle les bravait, mais il y avait quelque chose qui la torturait plus que le froid et la faim. Souvent, dans ses courses errantes à travers la campagne morne, elle s'arrêtait pour retirer de sa poche la pièce de dix sous qu'elle avait conservée, et elle la regardait en disant :

— Voleuse !

II

Jamais, de mémoire d'homme, l'hiver n'avait été aussi rigoureux. C'était ce terrible hiver de 1870, que vous n'avez pas connu, mes petites amies, mais dont vos parents vous ont sans doute parlé souvent, car c'était l'hiver où la France était envahie par les armées étrangères.

Un matin de décembre, Françon en courant, fidèle à sa besogne quotidienne, dans la campagne pour faire sa provision de bois, entendit les cloches de plusieurs églises qui sonnaient le glas.

Elle ne savait rien de ce qui se passait alors dans le pays d'Alsace. La pauvre enfant, seule au monde, abandonnée de tous, ne parlait jamais à personne. Renfermée dans son isolement où tout pour elle était lugubre, elle n'avait aucune connaissance des événements décisifs qui se déroulaient autour d'elle dans ce coin de la France, où elle vivait si tristement.

Cependant, ces glas résonnaient dans son cœur, et sans leur attribuer la signification qu'ils avaient, elle pensait :

— Ah ! si ces cloches annonçaient l'heure de ma mort, ce serait ma délivrance !

En s'enfonçant dans le bois, Françon se trouva tout à coup en présence d'une troupe d'hommes armés de fusils. Elle se recula avec effroi, et voulut prendre un sentier de traverse ; mais une voix rauque lui cria :

— Halte-là, fillette, avance ici !

Ces paroles étaient prononcées en alsacien, mais avec un accent qui n'était pas celui de Mulhouse.

Elle obéit à l'injonction, et lorsqu'elle fut tout proche des hommes armés, elle reconnut qu'ils portaient un uniforme

L'un d'eux se baissa pour la regarder en face, et
carressant sa grosse moustache.

militaire qui n'était pas celui des soldats français. L'un d'eux, qui avait des galons d'or, se baissa pour la regarder en face, et caressant sa forte moustache, il dit avec une intonation gutturale :

— Ce n'est pas le moment de courir les bois et les champs, petite. Tu ne sais pas à quoi tu t'exposes ; mais si tu veux nous rendre service et faire ce que nous te dirons, je te réponds qu'il ne t'arrivera aucun malheur.

Françon ouvrit de grands yeux et répondit naïvement :

— Je ne fais de mal à personne, pourquoi m'en ferait-on ?

— C'est bien, dit l'officier prussien ; obéis sans réplique et ne fais pas de réflexions. Tu iras te poster à la lisière du bois du côté de la ville, et quand tu verras des soldats français, tu viendras me le dire. Prends bien garde à ma recommandation. Si tu l'exécutes fidèlement, tu seras récompensée. Sinon, gare à toi : il t'en coûtera la vie.

Françon se tut. Quoique ignorante, elle devinait que ce que l'on exigeait d'elle était une chose odieuse : trahir sa patrie!

Elle alla néanmoins se mettre en observation à l'endroit désigné, perplexe, sentant s'amonceler sur elle un nouvel orage plus effroyable que celui qui l'avait chassée de l'usine et de la maison de son nourricier.

Il y avait plusieurs heures qu'elle était à la même place, n'entendant rien que de temps à autre une fusillade, comme il arrive quand des chasseurs battent les taillis. Une pluie fine et froide, qui jetait comme un crêpe de brume sur la plaine et le bois, lui traversait les vêtements et lui entrait jusqu'aux moelles. A la fin, elle se décida à chercher un abri dans sa grange. Aussitôt entrée, elle en verrouilla la porte à laquelle il manquait un gond, et s'assit sur la paille qu'elle entassa de manière à pouvoir surveiller la route à travers les fentes des planches.

Déjà l'obscurité commençait à envahir le bois, lorsque le galop de deux chevaux frappa son oreille. Cinq minutes après, deux cavaliers étaient en vue. C'étaient des soldats français. Ils semblaient fuir un ennemi.

Tout à coup une détonation retentit.

Françon eut un soubresaut involontaire et cacha son visage dans ses deux mains.

Lorsqu'elle releva la tête, elle vit dans la fumée qui se dissipait un des chevaux sahs cavalier galoper ventre à terre.

— Ah ! pensa-t-elle, l'un des Français aura été tué !

La main sur son cœur pour en comprimer les battements violents, elle suivit anxieusement les mouvements de l'autre cavalier. Il paraissait vouloir s'arrêter pour venir en aide à son compagnon, lorsqu'un nouveau coup de fusil partit du taillis, et le second cavalier s'abattit avec sa monture.

Un frisson secoua tout le corps de la pauvre Françon. Pour la seconde fois elle se voila la figure ; mais bientôt, dominant sa terreur, elle rouvrit les yeux et vit le cavalier tombé en second lieu se dégager et, laissant son cheval baigné dans le sang, se jeter dans un sentier.

Plusieurs soldats prussiens se lançaient à la poursuite du cheval fugitif, d'autres entouraient le cavalier tué.

Les regards inquiets de Françon s'attachaient sur le second cavalier, qui espérait évidemment se dérober. Elle se dit qu'il ne pouvait manquer de tomber au pouvoir des Allemands, car le sentier où il était entré menait directement à l'endroit où stationnait l'officier prussien qui lui avait donné à elle l'ordre de surveiller la route. D'une ou d'autre manière la perte du Français était donc inévitable : ou bien il tomberait frappé par ceux qui étaient derrière lui sur ses talons, ou bien il recevrait en pleine poitrine les balles de ceux qui attendaient plus loin.

Tout à coup Françon eut un cri affreux.

Le cavalier fugitif avait obliqué un peu et était maintenant tout près de la grange; elle le voyait distinctement en plein visage.

— Ah! mon Dieu! c'est monsieur Jean! le fils de M. Risler!

Un sentiment indicible s'empara de l'enfant. Une voix bourdonna dans son oreille, et il lui sembla que quelqu'un lui jetait à la face ce mot exécré qu'elle ne pouvait oublier: « Voleuse! » En même temps, elle crut entendre une autre parole: « Venge-toi! »

La pensée de représailles traversa son cerveau comme un de ces éclairs qui passent soudainement dans un nuage opaque et s'évanouissent aussitôt. A peine l'eut-elle conçue qu'un acte instinctif y succéda.

D'un bond, elle s'était élancée vers la porte de la grange, avait tiré le verrou, et passant la tête au dehors :

— Monsieur Jean ! dit-elle tout bas d'une voix étouffée par la peur.

Elle le reconnaissait bien, ce beau jeune homme dont l'image lui était apparue plus d'une fois dans ses souvenirs, quoiqu'elle n'eût fait que l'entrevoir un jour, quand avec M. Charles Risler, son père, il avait visité les ateliers de l'usine. Elle le reconnaissait bien, et elle tremblait à la pensée que lui aussi pourrait être étendu là, inanimé, sanglant, comme l'autre cavalier, son compagnon.

— Monsieur Jean ! répéta-t-elle un peu plus distinctement.

Le jeune homme s'arrêta, interdit, et fixa son regard effaré sur l'enfant, qui de la main faisait le geste de l'attirer à elle.

— Vite ! vite ! Entrez ici ! le bois est plein de Prussiens !

Il passa la main sur son front comme

pour chasser un doute et se jeta d'un bond dans la grange.

Françon poussa la porte, la verrouilla, puis, sans ajouter une seule parole, elle se glissa entre deux planches mal jointes et disparut dans le bois.

Cinq minutes après, elle courait dans le sentier d'où était partie la fusillade. Bientôt elle s'y trouva en face de plusieurs Allemands à cheval. Ils ne se hâtaient pas, sachant que le fugitif devait inévitablement tomber dans l'autre embuscade.

— L'as-tu vu, petite ? demanda le brigadier qui commandait l'escouade.

— Qui ?

— Un soldat français.

— Oui, je l'ai vu. Il est là-bas.

Et son doigt montra une direction opposée à la grange.

— En avant ! commanda le sous-officier, et piquant des deux, les soldats s'élancèrent vers le point qu'elle désignait.

Lorsque Françon vint, quelques instants plus tard, rejoindre Jean Risler, elle le trouva debout, le revolver au poing, les yeux flamboyants, les lèvres frémissantes, le teint horriblement pâle.

— Scélérate ! cria-t-il, en voyant l'enfant; tu m'as trahi ! tu es allée chercher les autres !

Un sourire, le premier qui eût effleuré depuis longtemps sa bouche, passa sur le visage de Françon; et avec un grand calme elle répondit :

— Oh ! non ! Monsieur Jean. Je les ai seulement éloignés. Mais vous ne pouvez rester ici. Montez là-haut.

Bien qu'elle fût petite et chétive, elle saisit des deux mains avec une énergie extraordinaire une échelle couchée à plat dans la grange, la dressa, et l'appliqua contre une meule de fagots.

— Montez là, répéta-t-elle.

Jean Risler posa machinalement le pied sur le premier échelon, puis se ravisant :

— Qui t'a dit mon nom ? demanda-t-il. Tu me connais donc ?

— Oui, répondit Françon ; et une larme brilla dans chacun de ses grands yeux bleus ; je vous ai vu..., un jour... à l'atelier... quand j'y étais... Mais hâtez-vous... Montez là-haut : on pourrait nous entendre.

Lorsqu'elle eut la certitude que le fugitif était bien caché, elle enleva l'échelle, la dissimula sous la paille et, ouvrant la porte de la grange, elle repartit.

Resté seul, le jeune homme réfléchit à sa situation. Au milieu des hurlements du vent qui s'efforçait d'arracher pièce à pièce le petit bâtiment, et en faisait pleuvoir les dernières tuiles sur le sol, on entendait les crépitations des fusillades lointaines. Par moments, des cris, des appels retentissaient dans le bois.

— Ah ! se disait-il, n'être qu'à deux heures de distance de la maison paternelle, et ne pas savoir si je la reverrai jamais ! Maudite guerre ! Et pourtant quel Français aurait la lâcheté de ne pas prendre les armes pour repousser l'envahisseur !

L'immobilité à laquelle il était condamné pour ne pas se trahir reposait ses membres ; mais bientôt la faim lui tirailla l'estomac, et une soif ardente le dévora. Il essaya de fermer les yeux, espérant que le sommeil le gagnerait et lui ferait oublier ses souffrances physiques et morales ; mais il ne parvint qu'à se plonger dans une somnolence peuplée de visions affreuses. Le cadavre sanglant de son compagnon gisait à cent pas de la grange, et il pensait : — Demain, j'aurai le même sort !

Il était environ minuit, lorsque Jéan Risler entendit des voix d'hommes qui partaient du fond du bois et se rapprochaient.

Il sortit un peu la tête du tas de fagots où il était blotti, et par une ouverture de

Il vit une troupe d'hommes armés qui portaient
des torches allumées.

la grange il vit une troupe d'hommes armés dont plusieurs portaient des torches allumées.

— Je suis trahi, rugit-il. Fou que j'étais de m'abandonner à ma crédulité ! Me voilà pris comme un lapin dans son terrier !

Bientôt il reconnut, sans pouvoir s'y méprendre, la voix de Françon.

— C'est elle, dit-il, l'hypocrite !

Les soldats étaient maintenant devant la grange.

— Tu dis que tu l'as vu ? demandèrent-ils tous à la fois.

— Oui, je l'ai vu ; c'est M. Jean Risler, le fils de M. Charles Risler, qui est le directeur de la filature au bout de Mulhouse.

Françon avait prononcé ces mots sans hésitation, avec une espèce de satisfaction.

— Infâme ! murmura le jeune homme, au risque de se faire découvrir. Elle périra de ma main.

Il arma son revolver.

— C'est bien, continua un des Prussiens, dont le ton accusait l'autorité. Toi, Christian, va retrouver les autres, et dis-leur de faire la battue, sans s'occuper du côté de la ville, puisqu'il n'est point par là. Nous suivrons la route que voici. L'oiseau ne saurait nous échapper.

Le bruit de leurs pas annonça qu'ils s'éloignaient.

Jean Risler respira.

A ce moment, la porte de la grange s'ouvrit, puis se referma. Quelqu'un poussa le verrou.

— Monsieur Jean ? dormez-vous ? dit Françon.

— Que veulent ces Prussiens ?

— Descendez, vous n'avez plus que le temps de fuir.

Elle dégagea l'échelle de la paille, la redressa contre la meule et mit le pied sur l'un des échelons.

— Prenez garde de tomber, chuchotat-elle. Je tiens l'échelle, elle ne vacillera pas. Mais il fait noir de ce côté-ci.

— Me diras-tu pourquoi tu as livré mon nom à ces Allemands ? Tu veux me perdre ? interrogea le jeune homme, lorsqu'il eut mis pied à terre.

— Ecoutez-moi bien, Monsieur Jean, répondit Françon d'une voix douce, sans trembler. J'ai pensé que vous auriez peut-être à passer la nuit ici et peut-être la journée de demain à cause de ces Allemands qui sont dans le bois ; et je me suis dit que vous auriez faim et soif. Alors j'ai voulu aller au faubourg vous acheter de quoi manger et boire. J'ai encore une pièce de dix sous que votre père m'a donnée. Mais, en route, j'ai rencontré, avant d'arriver à la lisière, des Prussiens qui m'ont demandé si je ne vous avais pas vu.

— Et tu leur as répondu affirmativement ?

— Si j'avais dit non, j'aurais menti.

— Et tu leur as montré où je suis?

— J'ai dit que vous n'étiez pas du côté de la ville, et que vous aviez dû prendre la direction opposée. Ils m'ont crue, et ils sont à vous chercher dans le bois et dans le faubourg. Venez vite, le chemin de Mulhouse est libre, je vous le montrerai.

— Vaillante enfant ! moi qui te suspectais !

Doucement, prudemment, prenant les endroits les plus sombres, mais sûrement, — car Françon connaissait si bien le chemin qu'elle aurait pu y marcher en aveugle, — ils allèrent pas à pas, l'enfant conduisant le jeune homme.

Les ténèbres s'épaississaient ; il n'y avait pas de lune, pas d'étoiles, comme si les astres eux-mêmes eussent eu horreur d'assister à ce spectacle de l'occupation de la France par l'étranger.

Deux heures après, Jean Risler était avec Françon devant l'usine de son père. Il voulut entraîner l'enfant. Mais Françon s'arrêta tout à coup, puis, tout bas, d'une voix tressaillante :

— Monsieur Jean, dit-elle, vouliez-vous me rendre un service ?

— Je vous dois la vie !

— Dites à votre père, Monsieur Jean, que Françon est pauvre, mais qu'elle n'a pas pris l'argent.

Le jeune homme voulut répondre ; mais l'enfant avait disparu dans la nuit.

III

Vous vous figurez aisément, mes petites amies, le bonheur des parents de Jean Risler, lorsqu'ils retrouvèrent ce fils unique, tant aimé, tant pleuré, qu'ils croyaient mort. Sa mère faillit mourir de joie. Son père, le directeur de l'usine, l'homme sévère et rigide, qui avait stoïquement dévoré ses angoisses, laissa longtemps couler ses larmes brûlantes.

Lorsque l'émotion fut un peu calmée, Jean dut raconter ses exploits, ses périls. Comment était-il là ? Qui l'y avait mené ? Au milieu de la nuit ?

Il rapporta tout ce qu'il savait de la campagne qui s'était terminée pour lui comme pour bien d'autres, hélas ! par la déroute. Mais lorsqu'il expliqua comment et par qui il avait été sauvé, le directeur de l'usine pâlit affreusement.

— Héroïque Françon ! noble enfant ! dit-il après un très long silence. Et moi qui ne me souvenais plus même d'elle, moi qui n'avais pas eu un seul remords de l'avoir chassée injustement ! Non ! Ce n'est pas elle qui avait volé l'argent, personne ne l'avait pris, je l'avais déplacé et ne me le rappelais plus; on l'a retrouvé ! Pauvre enfant ! Elle a souffert la faim, le froid, la misère, à cause de moi ! Et voilà comment elle s'est vengée !

Il y a longtemps que ces événements ont eu lieu, mes petites amies ; mais tous les Français de Mulhouse en ont gardé la mémoire ineffaçable. Françon n'habite plus le coin de l'Alsace où elle avait passé son enfance. Jean Risler est maintenant établi avec son père à Belfort. Le directeur de l'usine est aujourd'hui un vieillard dont la santé reste profondément altérée

Quelquefois on le rencontre au bras d'une dame
jeune et belle.

par les chagrins et les malheurs que lui a causés la guerre. Quelquefois, on le rencontre appuyé sur le bras d'une jeune femme, belle, élégante, richement vêtue.

Lorsque l'Alsace, après le traité de Francfort, fut tombée au pouvoir de l'Allemagne, Jean Risler et son père, ne voulant pas cesser d'être Français, furent, comme tous les optants, expulsés de Mulhouse. Ils se fixèrent aussi près que possible de la ville où ils laissaient tous leurs souvenirs de bonheur. Mais, avant de s'éloigner de l'Alsace, qui dans leur cœur comme dans le nôtre est inséparable de la France, M. Charles Risler appela son fils et dit :

— Jean, nous avons un devoir à remplir. Va trouver Françon, demande-lui pardon pour moi, supplie-la de venir avec nous, de partager notre fortune ; nous l'élèverons, nous lui ferons donner de l'instruction, tout ce que je possède lui appartient comme à toi-même ; sans elle je t'aurais perdu ; elle sera ta sœur.

Il y a dix ans que Françon-les-Pieds-nus s'appelle Mme Jean Risler.

FIN

TABLE DES GRAVURES

POITIERS. — IMPRIMERIE OUDIN ET Cie.

www.ingramcontent.com/pod-product-compliance
Ingram Content Group UK Ltd.
Pitfield, Milton Keynes, MK11 3LW, UK
UKHW020946120726
13693UKWH00004B/1576